U0067927

從香港到台灣

傑拉德、羅　伊、老　溫
鄭湯尼、許思庭、列當度　合著

天空數位圖書出版

目 録

❶大稻埕

∩台中七期

❶台中工業區

⋂台中市區

↑台中市區（續）

∩台中烏日

∩台北 101

🎧台北市

❶台北市區

∩台北忠孝東路

⋒台北美麗華

🎧佛光山

⋂杉林溪

⋂桃園

↑高美濕地

⋂高雄 85 大樓

❶高雄港

∩麥當勞

❶愛河

🎧墾丁

↑墾丁大街

❶墾丁海灣

⌒醫院

🎧櫻花

01

上半場在香江，下半場在寶島

文：傑拉德

廣告話：「維持退休生活質素，幾多錢先夠？」所謂錢到用時方恨少，聽講 6 成港人怕退休唔夠錢用，95% 後悔當初未儲蓄夠退休金，唔知有冇你份？講堅，人生有幾多個十年？正常的話，上天最多給你 8 個「十年」，香港人由讀書到工作，通常搏命無間做了其中 6 個，踏入人生下半場，何不快活地安享晚年？台灣絕對是一個好選擇。

　　老老實實，華人傳統思想是「養兒防老」，但是養兒一百歲，長憂九十九，今時今日有幾多父母真心想過下半場會靠子女，為子女付首期的大有人在，甚至賣掉幾十年的棺材本。近年有不少香港移民是退休人士，無非看中台灣生活節奏較慢，物價水平較低，最重要是文化接近，想飲早茶？得！想買新鮮肉類？亦得！想打麻將？都得！

　　在台灣的退休生活可說得多姿多彩，例如，退休後想做「農夫」，台灣更是理想國度，比方說，在台中買塊農地，現在市郊也不算太貴，一坪（約 3.3 平方米 / 35.565 平方呎）約為 5 至 6 萬新台幣，偏遠一點的話，1 至 2 萬新台幣便有交易，絕對不貴。不過，真心建議是最好選擇平地，不宜距離城市太遠，最好接近醫院，畢竟，人人都有行動不便的一天，未雨要綢繆，居安要思危。

　　查實，很多台灣老人都會在晚年買地耕作，種菜過日晨，有點寄託之餘，也可同三五知己分享農作物，如定期與附近鄉居一起交換不同收成，分分鐘足夠自給自足，既是人生樂趣，也是食得健康的做法。留意返，法例規定農地不能興建房子，切勿以身試法，但容許把 10 分之 1 用作興建農舍，重點是台灣買地同香港不同，台灣是屬於永久性擁有，

是你的一世都是你，直到天荒地老，直到宇宙終結時，塊地可以成為遺產，過戶給後人子孫。

不做農夫，在城市安享晚年，想買層樓的話，個人建議上了年紀的業主選擇大樓，避免住透天別墅，道理同上文一樣，有例子是台灣當地人以前就是住透天，但年紀大機器壞，結果也要搬到大樓居住。透天上上落落唔方便，食飯上二樓，拿衣服上三樓，由朝到晚爬樓梯，計一計數可能你已經夠資格參加「垂直馬拉松」比賽。講明係退休，考慮梗是要長遠一點，有升降機、有管理員，一定更加方便，除非你是選擇有私家升降機的透天，那就另作別論，保守估計這一類至少需要 5000 萬至 1 億新台幣。

在香港，擁有 1000 萬資產，算不上什麼，尤其是你的資產大都押在屋仔之上，但如果賣掉物業，拿著 1000 萬港元，大約 4000 萬新台幣，來到寶島慢慢撳，你會發覺自己真是執到寶，甚至乎覺得自己移民後真是一塊瑰寶。4000 萬新台幣，你先用 1000 萬置業（其實唔買樓的話手頭會更加充足），剩下 3000 萬肯定夠你過世，哪怕你活到百歲人瑞。

講買樓的選址，純粹是個人喜好，之不過想提醒各位，寶島始終是一個島，四面環海，近得太近海邊絕非樂事，例如遊客必到的淡水，又濕又寒，話就話無敵海景、夕陽暖意、浪漫煞人、情深款款，但只要想深一層，個海景你會日日欣賞嗎？你會望住日落寫詩嗎？你想住在遊客區嗎？面向海景是地產商用作宣傳之用，最多給你一個星期，筆者現居

的大樓也望到不錯的城市景色，但哪有閒情逸緻拿住咖啡和英式點心欣賞美景？

在香港，別說 1000 萬港元資產，給你 1000 萬港元現金在手，也未必穩陣無憂，原因之一是人老多病，必須預備一筆醫藥費，免得「連累」家人。香港唔止公立醫院排長龍，私家醫院都要爭位，你懂得同你爭的未必是香港人。醫療問題是退休人士必須慎重考慮的要點，台灣醫療水平是亞洲第一，全球排名第三，僅次於美國、德國，與政府推出的全民健康保險和教育制度有關。香港的醫療事故頻頻發生，最新的悲劇是一歲 B 女延遲搶救導致腦缺氧，恐變植物人之虞，睇見咪話唔驚！

台灣的醫科學生需要經過 7 年的教育同訓練，設備緊跟歐美先進國家，而且只要拿到健保卡，接受任何醫療服務都是免費，咁先算是一個政府對人民的承擔。而且，全台灣都有老人金，每個省市不同，台中每月可收到 3600 新台幣，吃東西也可闊綽一點，保障退休後的生活質素。台灣老人家搭車有點數卡，每月 1000 點，基本上是免費搭車，鼓勵長者外出遊樂，台中、桃園是不錯的退休落腳點，不像台北般繁囂，有老人社區大學，又有興趣班可學畫畫、英文等。

香港長者通常留在銀行炒股，為的就是充「實退」生活，但台灣很多長者會做義工，筆者的父親都是其中之一，也建議各位多做志願工，算是回饋社會。事實上，台灣人可申請幫傭，照顧你沖涼、送飯、復健，但當你仍然龍馬精神，行得走得時多做志願工，便可累積更多點數，日

後留待有需要時申請幫傭，便會比別人擁有更多時間。今日是你幫人，他日是人幫你，人人為我，我為人人。

分享一個例子，好友的母親來台多年，曾在台中住過，後來慢慢開始行動不便，因家庭理由而入住了老人院，每月只需 1 萬多新台幣，已可入住 4 人大房，而且老人院是附屬醫院，醫療服務有保證。香港政府成日話老有所依，但近年老人院事故教人情何以堪，真是睇落愈安全的地方愈危險。

就算晚年積蓄萬一不夠，家人也能承擔，給你住獨立房，包三餐、專業人士幫手沖涼，也不過是 2 萬多新台幣(設備更好的，當然會更貴)，在香港想住公家老人院都不知排到何年何月，唉！在桃園最大的醫院，新興建了養生文化村，這類五星級老人院風景水明山秀，設備一流，服務頂級，專業的護士隨傳隨到，夫復何求？

02

比不安全感絕對更危險的安全感

文・傑拉德

農曆年前的 206 台南大地震，滿目瘡痍，傷亡慘重，已造成 116 人罹難，在這裡再一次向死難者致哀，願亡者安息。

人生沒有鍵盤，傷疤不可能按一下 delete 而癒合、消失，痛苦的回憶也不可能按一下 delete 而飄散、褪去，更重要是社會各界深徹反思留痕的原因，避免悲劇重演。

地震恐怖，但人禍往往比起天災更可怕。如果你們上交通部的網站查一下，原來，光是去年 12 月在交通事故上 A1 類型的死亡人數，達到約 150 人（註：A1 類：造成人員當場或二十四小時內死亡之交通事故），這數字尚沒包括到醫院搶救超過二十四小時後魂斷轉生的數字。

換句話說，台灣實際的交通事故死亡數字遠高於 150 人，難怪外國人來旅遊總覺得馬路是一步一驚心。此時此刻，全台灣的焦點只在集中報導地震傷亡人數，又或者是大樓倒榻的原因，深刻檢討，汲取教訓，固然是有助社會進化，但我們也不得不警惕，比起不安全建築物更凶險的東西。

交通部統計發現，台灣機車死亡率在世界先進國家道路交通事故中，死亡率高居首位。若由 WHO 世界衛生組織的統計來看，每十萬人口的車禍死亡率，日本是 5.2 人、歐盟是 7.7 人，但台灣呢？我們台灣卻高達 13.6 人，差不多相當於日本的 3 倍。

當我們知道台灣人在馬路上每月亡魂，原來與一次大地震相若的話，一年下來就近 1,539 個亡魂（2014 年的數字，前兩年達二千人,也追近

921 了！），那麼，為何沒有多少人去理會？偷工減料的建商固然要嚴懲，但交通違規呢？執法者有沒有做到一視同仁？

藍綠政黨都沒有正視馬路上的計時炸彈，也沒有提出有效的解決交通違規問題，駕駛者還是依然故我，醉駕、闖紅燈、違規左右轉、超車、迫車、超速、違停、逆向……每個人在道路上任意妄為，只會用自己的方式駕駛，並不斷找理由原諒自己！

我們也許聽過「破窗定律」，如果一個房子的窗戶破了或被砸爛了，主人家沒有即時修理好，不久就會招致更多破壞，甚至有人會硬闖房子。德國人認為，就算路上沒有車輛，行人看見紅燈也該停下腳步，不僅是遵紀守法，也是樹立榜樣，說不定小孩子就在不遠處看著你闖紅燈。

媒體常常評價的十大死亡道路，你我他都可能有過驚心動魄的親身經驗，便深明問題的嚴重性。敬請記著，道路安全，人人有責，台灣馬路的恐怖情景遠遠大於地震，別讓安全島也失去安全感。

後記：有人說，地震還有巨大的經濟損失，所以各方面都在關注，重點是，沒有任何經濟損失比人命損失更巨大。

03

台灣的麥記是這樣的

文 · 傑拉德

最新麥當勞廣告內表態接納同志，引起社會巨大迴響，同時告訴我們，麥當勞不僅是連鎖速食店品牌，而是早已融入了大眾文化的品牌符號。首先，筆者必須「利申」，既不是麥記的代言人，也非麥記股東，但談到台灣生活，實在不得不提起她。

對於許多香港人來說，麥當勞幾乎是每周必定光顧的餐廳，筆者有同事曾經每天至少光顧一次！同時，我們也知道那兒的食物不太健康，相信香港人到台灣旅行，應該很少會對這個紅頭髮、大嘴巴的小丑提起興趣吧！

不過，台灣的麥記與香港人的傳統印象剛好相反，這兒絕對不是一間速食店這麼簡單，更非香港家長所認定的「極端邪惡之地」。在這兒，台灣人會一家老小來玩玩，也會跟良朋好友結聚用餐，甚至乎是給學弟學妹讀書溫習的好地方。當然，這兒也是一個人思考人生，靜靜的喝咖啡的好去處。

台灣大部分的麥當勞佔地面積都不少，離開台北市的話，不少分店更多是兩三層，所以，幾乎每個分店均附設有兒童遊樂區，當中設有滑梯、爬樓梯之類的大型遊戲，讓小朋友玩得不亦樂乎，樂而忘返。雖然很多人認為麥記的食品是不太健康，但偶而讓小朋友到來吃一頓兒童餐，讓他們享受一下每個小孩都夢寐以求的歡樂氣氛，「一生拉勻計」其實也對健康不會構成太多傷害。

麥當勞兒童遊樂區的兩邊，設有巨大的玻璃窗，家長從外面看進去，總是一覽無遺，讓為人父母的我們既可以照顧小朋友，也可以看著孩子

在歡笑聲中渡過假日。重點是兒童遊樂區不需要額外付費，部分麥記更設有親子餐桌，讓父母與小孩吃東西時候更加親近。那麼，兒童餐必配備小玩意之外，偶然還會送一本小小故事書，讓家長增加與小孩互動的樂趣，也許這是香港人無法想像的吧！

香港人稱為「麥記」、「M記」、「老麥」的麥當勞，雖是部分人嗤之以鼻的速食店，也是部分人常常光顧的老地方，但在台灣，麥當勞又豈止是多了一個「親子遊樂區」那麼簡單？

台灣的麥記大部分佔地甚廣，空間寬敞，港人難以想像，擁有兩至三層的分店比比皆是，大部分採用落地大玻璃窗，當你點了一個餐，然後安坐窗邊，眺望窗外的景色，又或是繁忙的大馬路，也使得你心曠神怡。

除此之外，台灣的麥當勞會照顧抽煙人士，特別會設置室外座位，格外有一番情調。

不少旅客來到台灣，總喜歡抽一兩個小時光顧地道的 Café，喜歡那份卡刻的寧靜及舒心。其實，台灣麥記同樣可以帶給你這種感覺，因很多分店使用沙發座位，坐得舒服，絕不會像香港「老麥」般希望顧客吃飽後盡快離開，因此，我們坐在麥當勞用膳，實在是一件賞心樂事。

筆者雖然不愛喝咖啡，但也會點杯汽水，坐在家裡附近的麥記吃個舒適的早餐，看看書，看看窗外風景，這種安逸而輕輕的感覺，根本無法在香港熙來攘往的「老麥」感受得到。

談罷麥當勞的環境，也想讚一讚麥當勞的服務員，他／她們每一個人的臉上都掛起親切的笑容，態度禮貌周周，加上偶然的換上特色的服裝活動，常常會讓顧客感受到一份意外驚喜。

　　給大家溫馨提示，筆者在台灣麥當勞點汽水飲料時，這裡的中杯的大小，等於在香港麥當勞的大杯！所以，當你們有機會來嘗嘗台式麥當勞時，必須要注意份量，以免浪費飲料，成為政府宣傳口號中的「大嘥鬼」（浪費食物的傢伙，通常是家長對小孩說的詞語）啊！

04

為了買樓去到發青

文：傑拉德

在台灣，努力是有回報的……

這幾年，香港房價坐神舟不知幾號升空，青年人見面時必談的話題是：「為了買房，你可以去到幾盡？」

我認識一些香港的朋友，為了買購房子而過著苦行僧的非人生活，付了首期，付了裝修費，還是過著壓力不勝負荷的苦行僧生活，每天睡四五小時，打兩三份兼職，每天與家人最多只能見面一小時，回到家，洗過澡，倒頭大睡，翌日起床上班，日復日、月復月、年復年，彷彿是毫無意義的機械人生活。

當然，我也認識一些香港的朋友，天生好命，娶了護士、律師、醫生或空姐做太太，經濟壓力大減，總算兩口子過著小康生活。當然，就算你的太太不是甚麼專業人士，但只要外家已經提早預留了新房給她，自然減輕了人生的重擔，活得自由自在。然而，如果你找不到「好老婆」，又不是富二代，那麼，只能天天看著別人的勵志故事，自我勉勵一番，直至有天收到一封政府給你的信件──等了十年，你終於抽到政府廉租屋了。

有些香港人能夠像勾踐般臥薪嚐膽，與世隔絕，一天三餐啃麵包，人生從來不去旅遊，甚至天天走路上班，但你會想過，這種生活可能要一直維持到退休嗎？我能夠理解那麼多香港人為了「上車」而付出青春的代價，但這個世界上最寶貴的就是青春，青春亦即是時間，與父母相聚的時間，與情人談戀愛的時間，看著寶寶成長的時間。

世界很大，只要你擁有這份決心，無論到那裡你都可以成功。你帶著這種「香港精神」來到台灣，重點是你努力一輩子所得到的，絕對不只是一所三百呎的蝸居。

正如我個人經歷，十三年前孤注一擲，毅然舉家前往台灣創業，一切由零開始，渡過了一段苦行僧的日子，後來已能夠買車買樓，居所不是三百呎，而是千五呎。在台灣，千五呎的房子根本不是豪宅，而是大部分民眾的普通房子。之後，我購買了兩輛汽車，又買了兒時最喜歡玩的火車模型，玩具非常便宜，香港人誰都買得起，但只有富人才有足夠空間感受它的樂趣！

多年前歌神許冠傑的一首金曲，「出咗半斤力，想話攞返足八兩，家陣惡搵食，邊有半斤八兩咁理想？」在香港，付出與回報的確不成正比，但在台灣，你絕對可以！

05

你找到自己的位置嗎？

文：傑拉德

人類與生俱來都渴望找到自己的位置，在教室找位置，在公司找位置，在家庭找位置，倘若社會提供不到一個正常的休憩之處，遲早會出事！

　　香港尺金寸土，去過旅遊的朋友都知道，走累了，想找個座位歇歇是無比困難，那怕舉目四野，隨處是美倫美奐的大型商場，但找到免費座位的機會微乎其微。基本上，香港除了公園設立座位供人休息之外，一般街道、商場及巴士站都沒有空間讓路人喘一口氣。為甚麼一個國際大都會，居然如此缺乏基本的休息空間呢？難道香港人做生意缺乏人性的考慮？

　　談到座位的問題，其實同生活空間息息相關，生活空間的多少直接影響到你在日常生活的滿意度。在台灣，我們見到座位多的是，不僅巴士站和地鐵月台提供座位予乘客休息，數量之多更是港人難以想像。在香港，有人沒位坐；在台灣，有位沒人坐。

　　台灣商場文化從來是以顧客至上，目的不是把消費者視為大小二便般匆匆的來、匆匆的去，而是提供一個舒適安心的環境，讓大家盡量留在商場之內。我們在商場等候升降機的大堂會見到座位，大部分商場設有長型沙發，這才是懂得尊重顧客之道。

　　更有趣的是，台灣人在路上走累了，可隨意坐在兩旁大廈提供的座位（至少台中是），甚至有些商鋪門前也樂意付多一點費用為路人提供座位。相反，香港人去年曾經就公共空間的社會議題，鬧上新聞，大型商場最怕聚集一班「路過而不購物」的閒人，那怕你只是站走不動。

　　社會的怨往往是一點一滴累起來，筆者經常看到一些拿著拐仗的老人家，走幾步便要坐下來歇息，但在香港，這是遙不可及的奢望，幸好，台灣還有我們的位置。

06

台港生活小細節，大不同

文：傑拉德

早前台灣就有單熱話，有一位委員會主任委員在街上被警察截查身分證，他太太其後向警方投訴指受到侮辱，香港人聽到或會感到驚訝，查身分證只不過是平常事，何需大驚小怪？但在台灣的街上其實並不常見到警察，尤其是在一些鄉郊地方，可能十日八日都看不到警察的踪影，因此被查身分證就不是一件常見的事，由此可見不同地方都有其生活文化習慣，小小事足以惹來軒然大波。

要在一個地方住得舒適，活得快樂，就要適應及融合當地的文化與生活習慣，別小看一些生活小細節，帶來的差異對生活影響可大可小呢：

1. 台灣人衣著簡樸

另一個港台生活不同之處，是香港人比較著重衣著，每次去街都要裝扮一番，執正一點，但台灣人對衣著不太執著，普通衣服出街之餘，亦不介意著拖鞋去街。要知道在香港，衣著或可反映他的身家與背景，試幻想一個普通人著住拖鞋去睇樓，多半會被地產代理輕視，但在台灣卻是另一回事，小市民或大富豪也好，有不少人都不緊張衣著，隨處可見很多人都會著拖鞋去街，絕不能憑衣飾辨別他們是甚麼人物。

2. 做好垃圾分類

近年，香港政府大力宣揚環保訊息，藍廢紙、黃鋁罐、啡膠樽的回收桶隨街可見，香港市民的環保意識也大為增強，但對比起台灣的垃圾分類做法，卻是小巫見大巫。台灣的垃圾分類很仔細，不同成份的垃圾

需要放置在不同的垃圾分類箱，好像香港甚少人會處理的廚餘，台灣人也習慣分類及儲存。

別以為做好垃圾分類好簡單，將紙張、鋁罐及膠樽投放到適當的回收箱就可以，台灣人處理家中廢物，他們會將不同成份的垃圾分開並清洗，例如會將飲完的汽水罐與飲管分開處理及擺放，否則在等待垃圾車定期來收垃圾時，家中已經變得臭氣沖天。沒錯，台灣的住宅並非全都有垃圾房或垃圾站，住在公寓或透天（類似香港的唐樓）的市民，需要等待垃圾車來收集垃圾，一旦錯過了就要再等幾日，有時候在垃圾車收垃圾時，會見到有些穿著睡衣的市民在追趕垃圾車，十分有趣。

台灣政府很著重社區清潔，要求社區要定期進行除蟲工作，所以有時候在大街小巷，會突然見到很多小強湧現，情景很嚇人，遊客會誤以為當地衛生情況很差，實情是各家各戶的除蟲工作見成效，每次除蟲，真係整個月也不會在屋內見到小蟲呢！

3. 廁紙不扔進馬桶

除了垃圾分類已成台灣人的生活習慣，他們尚有一個香港人很難明白的如廁習慣，就是他們會將如廁後的廁紙扔在垃圾桶，而不是扔進馬桶！這個習慣要追溯至很久以前，台灣的沖水系統是將如廁物沖進化糞池，然後定期有人來清理，太多廁紙會造成麻煩，而且以前的廁紙質地不易溶化，很容易會阻塞渠道，所以台灣人很早就習慣擺放一個垃圾桶在廁所，用來丟棄廁紙，久而久之，即使現在的廁紙已易於溶化，渠道

亦少見阻塞，但習慣已成，仍然有不少台灣人會將廁紙扔在垃圾桶，令到廁所傳來惡臭，就算政府已努力呼籲市民改變習慣，但看來仍需時改變。

4. 樂意換貨退貨

講完衛生習慣，接下來也談談消費習慣吧。香港人購物慣了隨手扔掉包裝袋及收據，但在台灣購物，切記要好好保存，因為台灣的商舖基本上都願意接顧客換貨，甚至退錢！在香港，除非某些特定貨品提供七日內包換條款，否則很多貨物都是一經出門，恕不退換，但台灣則大不同，很多貨品即使買了，回家用了幾次才發覺不合用，只要保存好包裝盒及收據，很大機會能夠換貨或退錢。

其實，台灣的消費及服務業一向以服務優良見稱，舉個例，有消費者試過購買了電器後發覺有問題，但多次更換也因為商舖沒有現貨而未能換給客人，商舖之後竟特意派人將新貨送到客人家中，並贈送水果籃以表歉意，你說在香港的話，這情況有機會發生嗎？

5. 別與司機談政治

最後一提，台灣與香港無論在歷史風俗、地理位置、政治局勢等都不盡相同，以至尚有很多生活習慣是在台居住時要特別留意，例如台灣很多地區目前仍然間中會出現停水停電的情況，這在今日的香港實在是極少機會發生。

　　由雨傘運動開始，香港人可能是第一次感受到政治對立在生活層面帶來的影響，其實台灣早就因為藍綠營矛盾，引致社會內部撕裂，世代紛爭加劇，甚至家人、朋友和親人之間的不和。最簡單的例子是，如果讀者在台灣搭的士時，謹記、謹記、謹記千萬別同跟司機談政治，你在國民黨支持者面前說民進黨的好，分分鐘被人追打落車；相反，你在民進黨的支持者面前說國民黨的好，隨時被棄置在荒山野嶺，這是外地人的禁忌，也是生活小智慧。台灣人對政治非常敏感，一旦政見不同隨時會發生罵戰甚至打鬥，曾經就有乘客因為政見問題而被司機遣下在荒郊野外，香港人在彼岸生活，要熟知當地的生活細節，就可免卻很多不必要的麻煩呢！

07

台灣打工比創業好

文：傑拉德

在香港，不少打工仔都不欲「打死一世工」，對創業都有一番憧憬，躍躍欲試，甚至有所行動。在台灣卻未必是這麼一回事，因為勞工法例、福利安排、僱主作風都比較關顧僱員所需，你知道為何在台灣「創業可能不及打工好」嗎？

港人移居到台灣，究竟是打工好？還是創業好？在資訊發達下，有人聽聞「台灣不景氣」，台灣則有僱主說「請不到人」，可謂眾說紛云。在此，筆者特別提醒各位，不要盡信網絡所說，包括是一些媒體，特別是一些所謂「名嘴」所說，大家參考講者說，務必要自我分析和求證真相。言歸正傳，台灣數年前迎來「一例一休」，「一例一休」與過去「五天工作周」相若。但當中的細節複雜，當年更有勞團上街抗議，但「勞基法」基本上，一直以來都是保障員工一星期至少有一天基本休息日，稱為例假，即是「一例」。

如果企業實行「五天工作周」的話，另一天休息日則為「一休」。「一例」和「一休」的分別就是員工不能在例假「加班」，在休息日則可以加班，惟僱主需補發加班費。當然，根據台灣《勞基法》，法定工時為每週 40 小時，故在正常情況下，員工每天上班 8 小時，一週 5 天上班剛好達 40 小時。比起香港仍有不少人要每週工作 50 小時，甚至更長時間，在台灣工作可算是幸福不少，故在香港人心目中，可能是「五天工作周 2.0 版」。

可是在現有安排下，所有員工除享有法定工時外，全部員工均可享有國定假日及特休假期。僱主的營運成本和限制同樣增加了不少。例如，

員工在休假日加班，僱主要發放平均時薪 1.5 至 2 倍的資作加班費。且要安排補假。筆者曾聞說有餐廳因此在週日休息，原因是員工的工時所限，週日未能編排人手上班。

在這制度下，僱主為減輕營運成本，儘量避免員工加班，甚至有些工廠連訂單都不敢接，至於欲「多勞多得」的員工則不能透過加班費增加收入，勞資雙方往往「雙輸」。其實踏入 21 世紀的自由市場下，台灣政府此舉限制了企業以較好的福利條件聘請優秀人才，未必是好事，當然這是政治話題的題外話了。

雖然在台灣當老闆要付出不低的營運成本和面對員工工時安排的限制，但一般老闆都十分關顧員工所需。他們一般多站在員工角度照顧他們的感受，並建立完善的福利制度。一般企業都設有福利委員會，專責統籌員工活動，例如公司旅行、親子活動和福利等等。也反映台灣人崇尚自由和勞工權益的風氣。例如，所謂在台灣工廠打工，並不是全指進行手作的一般工人，還包括從事高科技產的工作者。在台灣多個城市皆設有的科園區，員工不僅可在設施美輪美奐、幾乎一塵不染的環境下工作食。他們免費享用的伙食並不是一般茶餐廳可比，而是他們可以在園內高級餐廳享用高質的牛排、拉麵等等。

其實，在台灣充斥宅男、宅女及媽寶的年輕人的情況下，公司的待遇稍差一點，根本就請不到人！除此之外，即使看起來月薪比香港低很多，但年終花紅，大部分公司都會支付基本上一兩個月的薪金，更有些會達到三四個月，甚至是半年或以上呢！

08

試試用國語讀一次「謝金燕」
—香港人必先學好國語

文：傑拉德

　　撫心自問，台灣人說國語確實比較溫柔，他們總覺得香港人之間對話像吵架，文化之間總有間隙，是大是小，往往會隨時代轉變，也會隨我們的心境轉變。我們要認識貼地的台灣文化，先得由台灣用語說起：

　　香港人經常混淆國語和普通話，別把把大陸的普通語當成台灣的國語，也不要把港式語言直接轉化成國語說出來，否則會貽笑大方，鬧出很多不堪入耳的笑話。普遍而言，大陸人習慣把「一」（衣）讀成「腰」，如行動電話號碼、銀行卡號甚至大廈名稱，所以台灣人不會說「腰」零「腰」大樓，還是會說「衣」零「衣」大樓，「衣」說成「腰」，只是軍人才會用的。

　　香港人說冷氣，台灣人也說冷氣，不必說跟隨大陸的說法叫「空調」；在餐廳呼喚侍應，大陸人會高聲呼叫「服務員」，但台灣人一般只會說先生和小姐，甚至直接說「不好意思」。因此，當你在台灣用膳時，一旦高叫「服務員，請把空調調高一點」，那麼，我可保證他們會把你當成大陸客看待。香港人說的單車，大陸會稱作「自行車」，台灣則稱呼為腳踏車，也習慣讀成鐵馬，台中就有個地方叫「后豐鐵馬道」，歷史同腳踏車有關。香港人所說的電單車，台灣人一般稱為摩托車或機車，但「機車」也還有別的意思，有時罵人也可以用啊。

　　值得注意，很多香港人熱愛台灣美食，但兩地對食物的叫法有時南轅北轍，差之毫釐，謬之千里，舉例說，我們叫的三文魚，台灣稱為鮭魚；香港叫菠蘿腸仔，在台灣可讀成鳳梨香腸。不過，你跟台灣人說買香腸，他們可能會給你臘腸，皆因一般台灣人聽到「香腸」，腦海只會

浮起香港人所吃的「臘腸」，你說妙不妙？香港人叫的熱狗，台灣也有，但所謂的熱狗就是指孤孤單單的一條「香腸」，沒有面包夾住的，在台想買 hotdog，必須謹記高呼「大亨堡」或「熱狗堡」才對。

筆者的工作之一是擔任球評，記得曾在錄影節目期間，說了一個藝人的名字，引起整個攝影棚，包括搭檔、導演、攝影師捧腹大笑，甚至笑到跌倒在地，那個藝人的名字是「謝金燕」。時至今日，我的國語依然帶有港式口音，有些較少接觸的名詞，發音不可能像台灣人般標準，當時的發音就像「射·精·燕」，怪不了別人笑個不停，連自己回想起來也忍俊不禁。

最後，學語言的最佳方法着實千古不變，就是來台灣追談戀愛，這樣便可學到最地道（台灣說「道地」）的用語。正如筆者當年一樣，我與台灣女生約會後，很快就練到流利的國語，唯一美中不足的是，經過 3 個月學習後，國語大有進步，但卻被朋友說女人型（台灣說「娘娘腔」），因為我連台灣女生的嬌柔用語也學得七七八八，故此經常都「喔、啊、呀、哩」、「真的嗎」、「不要唷，人家要吃你的冰淇淋」等等，令人啼笑皆非。當然，在大學之後，這些「娘娘腔」語調，經過與男同學的影響下，自然地便消失了！

結論還是老話一句，語言，還是多學、多講、多聽吧！

09

打交道不是敬你嗎嗯

文：傑拉德

直到今天，仍然會有很多人問：「做什麼生意好？」這條問題恐怕連富豪「誠哥」也未必能解答大家。畢竟沒有生意是穩賺的，沒有生意是不需要承受風險的，香港亦然，台灣亦然。所謂「創業難，守業更難」，有志移民台灣創業者，要做好「守業」數載的心理準備，才有機會創業成功。

　　在談在台灣做生意的利與弊，小弟引述一位朋友的成功經驗。他主打動畫及廣告生意，來台前已在這行業打滾十多年，他先在美國從事此類工作，繼而在港受僱及自行創業，然後將陣地轉移至台灣。他初到台時，主要客戶仍是來自外國及香港。近年，他八成的客戶都是來自台灣本土。他認為，轉型專與台灣客戶做生意乃正常不過的事。始終溝通上比較方便和省時。如果仍以香港市場為主，開會和溝通會佔用不少時間。他的業務性質包括電視廣告、網絡廣告、展覽片段、不同大型活動和某某公司的周年大會等等，當中以後期製作為主。拍攝片段部分則多數與其他公司合作，原因是避免牽涉在過多程序當中，尤其是大型活動、某縣市政府宣傳片等等，當中與政府合作的計劃也不少。

　　談及與政府部門「打交道」，有不少地方需要大家注意。舉凡與台灣政府合作的項目，涉及的金額在十萬元以上，政府需要公開招標，讓有意合作者競投。過程涉多項程序及文件往來，而「中標」成功與否，不外乎過往合作關係、價錢多寡及投標者簡介的表現（Presentation）等等，看來與香港及很多地方相若。然而「關係」一環，卻是台灣生意人能否與政府合作的主要關鍵。讀者不要誤會，談「關係」並不是指生

意人要與政府部門建立競投程序以外的關係，更加不牽涉貪污的問題，而是他們屬意曾合作過、可信賴的相熟夥伴。如果他們均未曾與政府合作過，他們一般會以「價低者得」作為選擇合作對象作參考，若果不同投標的公司出價相去不遠，不同公司代表簡介時的表現會是競投成功的指標。

講究大家曾經合作與否的關係，固然生意人中標成功的關鍵因素。可是競投成功後隨之而來的程序可多呢！可能是一層接一層的官僚制度使然，政府部門無論上下，一般都對內容及細節「一改再改」。即使你的預算緊絀而難有修改的本錢和空間，對方也會要求你一再修改，你也要無奈接受。有時是你預算較充裕，卻礙於對方給予的時間相當緊迫，「一改再改」還是在所難免。

筆者認為，如果從香港來的各位欲與政府部門合作，必需三思而後行。除了出標時要與「關係」競爭外，「中標」以後也要面對不斷的修改要求及更多程序。如果你的角色是服務提供者會比較好一點，相反，若涉及產品，當中的印刷和製作，甚或尋找代言人宣傳等，面對的程序將會更為繁複。以我們的嘉賓為例，他與媒體公司合作，自己則專注片段製作，減少與政府部門直接接觸的風險，會是較可行的做法。另一方面，在上述這種講求「關係」的風氣下，不難從新聞報導中獲知疑似「圍標」的情況，可能出現疑似公司 A、公司 B 及公司 C「輪流競投成功」的情況。

即使在香港，如果你是新來者，你的目標客戶決計不會輕言放棄與一向合作的公司「分手」，投向你的懷抱。在台灣，這種情況更為普遍，始終台灣人講究情分。最初數月，甚至數年，任憑你如何弄清楚對方底細，賣力游說對方，對方也無動於衷。即使他們在你意想不到的情況下伸出「橄欖枝」，可是你最好有要經歷數年沒有生意的日子的心理準備。

　　一般而言，除非對方的合作夥伴「出事」、沒有時間承辦對方要求的服務。否則，如果你欲來台做生意，最好的是你手頭上仍然有一定客戶數目，以足夠的本錢，去支持你渡過這段不明朗時期。很多時候，任憑你的業務在香港，甚至在其他地方建立了首屈一指的地位。如果對方仍然信賴他一向合作開的夥伴，你仍然不容易成功取得生意。如果你能熬過這段日子，有本地人或企業作你的客戶，在重視情分的原則下，他們決不輕言棄用你，那時才是你「守得雲開見月明」之時。

　　在台灣做生意，選擇行業時也要三思。例如經營服務行業如公關、廣告公司者，無疑創業門檻低，看來本少利多。可是入門易、守業難，別要因節省成本而因小失大；從事飲食業者，入門更容易，然而競爭空前激烈，特別是台中。從業者既要不斷購入優質食材，又要令客人覺得自己的食品比對手更為價廉物美。另外，食物可供存放的時間較一般產品短，沒有生意的話會被白白浪費。總括而言，來台做生意，不要奢望一年半載就有好成績，甚至本利歸來。筆者認為至少要認真去辦三至五年，守得住門可羅雀的日子才有成功的指望。

10

台灣創業好興嘆

文：傑拉德

其實台灣創業與世界各地一樣，一定有好有壞，台灣的好處，當然是成本低，如租金平、人工低，入場容易。

　　壞處當然係好處的相反，入場門檻低，自然吸引力大，競爭自然大，所以，凡事都一體兩面，既然凡事有好有壞，不如探討一下，在台創業嘅創業基本要素啦或稱心理準備！

　　記得有本書的名字叫《為什麼1%的人創業賺大錢》，不是吧！1%？100個生意人只有1個成功？雖不中，亦不遠矣，可能更少，不會更多。阿Q，有心理必勝法，但是創業，從來沒有絕對必勝法，尤其是當你人生路不熟，甚至可能是第一次創業的時候。

　　移民台灣，基本上只有3個主要方法（其他的方法就不提了！），一是依親，嫁台男和娶台妹，有台灣爸爸媽媽或子女；一是專業人士，政府認為你是專業人士就是專業人士；一是投資移民，投資600萬新台幣。不用多問，不用找數據，我可以答你絕大多數香港人只能選擇投資移民。投資移民即是要做生意，究竟做什麼生意先算穩？你不嫌我嘮叨，我都嫌我麻煩，現在再重申一次：「天下間哪有必賺不虧的生意？」這句講了不下數千次，有的話，我已經做了。

　　印象中，創業者需要勇氣和熱血，人們總覺得年輕就是本錢，諷刺的是，投資需要資本，資本需要青春累積，累積了足夠的資本，青春便已一去不復。可想像，多數新移民已不再是血氣方剛的少男少女，未必願意花心血經營一盤生意，卻又硬著頭皮去做，這樣很可能會不小心「中伏」。講生意經，人人都懂，比方說要有好產品、有市場就有價值、凡

事親力親為、別怕麻煩等等，但是人生就是解決問題的旅程，解決問題的最佳辦法就是經歷錯誤和失敗。

弔詭地，台灣政府把「投資＋移民」混為一談，儼如小聲地誘惑你魚與熊掌可以兼得，事實是投資和移民是兩回事，別被這個詞語誤導。首先，大前提是要做合法的生意，別以為這道理像媽媽是女人，就是因為太多人鋌而走險，筆者才不厭其煩提醒大家，生意失敗，損失的東西是可計算嘅；移民失敗，失去的東西係無法衡量嘅。筆者在 2013 年曾經營過足球館，那場地是頂讓回來，之前已營運了三年，結果接手後卻被政府封場抄家，欲哭無淚。

伏，無處不在，當時筆者的室內足球場被指與用途不符，原來那是住宅用途，不得用作商業用途，什麼？為什麼前一手可以經營那麼久，這個就是台灣政府的執法特色，連土生土長的台灣人都會中招，何況係新移民？當時晴天霹靂，幾百萬新台幣投資血本無歸，汲取了一生難忘嘅教訓，當作交學費。江湖傳聞，在台中，七成餐廳是不合法，但是千萬別相信一些人教大家走後門、行歪路，否則只會恨錯難返。

有朋友在台北開餐廳，僅僅是一台分體式冷氣機，便被要求搬了 6、7 次不同位置，執法人員只會講「這樣不行」，從不會說明「這樣才行」。台灣的餐廳，油煙位不可以面對他人住家，這是常識，朋友羅伊就試過安裝靜電除油排煙系統，因後巷對住人家的窗戶，被迫移高一點，但再被民居投訴。終於，他把排煙系統移至天台，殊不知又遇上下雨漏水，

再有住戶投訴，前前後後加起來花了 100 萬新台幣，最終唯有改為面向大街！問你怕不怕？

11

黑暗中的螢火蟲

文：傑拉德

台灣是全球便利店密度最高的地方，平均 2000 多人便有一間在左近，第 2 位就是香港，可見港台人士早已離不開「便利式生活」。7-Eleven 港人愛稱作 7 仔或 seven 這是一家源自日本的連鎖式便利店，70 年代末登陸台灣，目前約有 5000 多家。

台灣的 7-11 與香港一樣可以交水費、電費和煤氣費，除了藥物之外，甚麼都有得賣，飲飲食食、報紙雜誌、生活小工具以至客運車票、高鐵車票和演唱會門券、便當、麵食、甚至是提款機，應有盡有。每星期，我準備到博斯足球台錄播德甲精華前，大約要列印 60 多頁資料，通常都會借助 7-11 幫忙，我只需拿著一支「隨身碟」到店內的操作機便可以打印出來，真是非常方便，一般家庭連列印機都可以省下來，不用買！

香港人常常投訴「光污染」，惟台灣人卻很「浪漫」地街頭的燈光幽暗，夜闌人靜，獨自歸家，尤其提心吊膽，誰知暗角處冒出來的黑凜凜物體是黑貓抑或黑鼠呢？所以，燈火通明的 7-11 全天氣營業，儼如一隻黑暗中的螢火蟲，給夜遊人指路，使路人感到一點點安全感。

除此之外，在台灣也不只有 7-11，還有全家、OK 及萊爾富等，一律統稱為便利商店，功能也大同小異，無論那一個品牌，幾乎都是二十四小時營業及便利性十足。

台灣的便利商店普遍空間都很大，很多都會附設座位，讓客人舒適地用餐，而且不少門市也有洗手間，這是香港人無法想像的，當然，還有一些就連停車位都會有，便利程度真是一絕。

簡單點說，即使你不想到任何地方，只到你家門口有便利商店，不只可以解決三餐，還可以解決很多不同的事項。

近年台灣的便利店除了越開越大之外，服務更多元化，有洗衣服務、外幣找換等，聞所未聞的項目，有部分門市，甚至連網絡書店博客來進駐。

而有些門市，還有特色建築，各種各樣的裝潢都有，越來越多店都是可以顧客打卡留念，這隻螢火蟲真的不簡單。

12

台灣邊緣世無雙

文：羅伊

寶島居民常笑說，台灣有三「保」：健保、勞保、吃到飽（國語保同音字），我們就來談談與我們健康切身最相關的健保，也就是其他大國如美國，歐洲等渴望做到，我們香港人非常羨慕的醫療保險制度。

　　全民健康保險，是一種強制性保險的福利政策，於 1995 年 3 月開始實施。當時為了將公保、勞保、農保、軍保的舊有保險體系整合納入全民健保中，故而採取依身分別來納保的制度。不同身分的加保人不因健康病史問題而有不同保費，而是根據行業身分而有不同納保費率。為了改革健保實行以後發現的各種問題，於是政府經過立法程序後於 2013 年 1 月 1 日推行了二代健保，彌補原健保計劃的不足。

　　簡單的歷史帶過，我們進入重點，到底誰可以納入這好福利呢？當然凡是具有中華民國國籍的都應該參加全民健康保險。另外，準備來台的香港朋友注意，如果在臺灣地區未設有戶籍，而在臺灣地區領有居留證明文件，自在臺居留滿六個月時起，亦應參加健保。但有一定雇主的受僱者不受六個月之限制。所稱在臺居留滿六個月，指連續在臺居住達六個月或曾出境一次未逾三十日，其實際居住期間扣除出境日數後，併計達六個月。所以來台居留的朋友要在台待滿半年才能擁有健保的啊，這是作為醫生的我常常被香港朋友問的，我們之後再來探討健保的收費及福利。

　　許多朋友都很好奇台灣的醫療設備不輸外國，為何會有如此便宜的醫療服務收費呢？原因其實有兩個，一是台灣的醫療由於有低的人事成本及健保局的控管，收費確實比外國便宜；第二是台灣人民的健保醫療

費用由國家及公司僱主負擔，所以受益的人民只需付小額金錢就可享有大部分醫療福利，間接造成了一個台灣醫療廉價的錯覺，其實是人民負擔的保費便宜，醫療開銷仍是很高昂的！

　　說到底，台灣的健保費有多便宜，到底費用要怎麼算？就讓我來簡單分析。只要將你每月的收入（相對投保金額）乘上健保費率後（目前為 4.69%），再乘上保險費負擔比率就是你要繳的健保費了。國家及僱主就是保險費負擔比率的最大宗，幾乎都佔有 6 至 7 成比例。

　　我來舉個例子，以一個收入 32000 元台幣的單身上班族來說：　相對投保金額為 33000 x 4.69%（健保費率）x 30%（保險費負擔比率）＝ 464 元台幣，看到這個數字，大家當然會「嘩」的一聲，一般上班族一個月付不到 130 元港幣就享有全面的醫療服務了，怎能讓人不心動呢？不過如果你是自僱行業，那就是不一樣的劇情了。你的保險費負擔比率會變成 100%，如果以上面的同薪資來算，保費會變成了 1548 元台幣，是原本受雇人仕的金額 3 倍多，所以有意來台投資當老闆的朋友要多多注意，下一期我們來聊一下健保的好福利吧！

13

台北年貨大街

文：羅伊

記得在我小時候，過年前夕父母親都會帶我們去逛年宵市場，他們會去買賀年揮春及水仙花，而我就會注意哪裡有好吃好玩的。當然，貪吃的我都是在食品攤流連忘返，嘴巴咬著糖冬瓜、手中拿著紅瓜子、眼睛已經瞄著遠方的「利是」糖了！就在過年前，我在台北的迪化街重拾了當年的歡樂回憶，其實台北也有年貨大街，讓我來為大家介紹一下吧！

台北規模最大的年貨大街位在大同區的迪化街，是一條歷史悠久的老街，平常日子主要經營乾溼貨的買賣（即海味、藥材等），到春節前夕則搖身一變成為熱鬧的年貨大街，還沒到入口已飄來陣陣香氣，烤魷魚、炸麻糍、煎年糕、臭豆腐...全都混在一起，絕對讓你食指大動。當你走近每一個攤販，店員便會熱誠的奉上各種試吃小品，一趟走下來，光是試吃都已經飽了。

印象最深刻的，必定是糖果攤，在這裡，小時候最喜歡的糖果，幾乎都看得到，真的有股衝動把每一樣都吃過一遍（會被笑吧！），不過，每次逛還是會買一些來嚐嚐，唯一有點可惜的是，沒有找到香港人最愛之一的「利是」糖！

除了小吃及糖果吸引外，甜點也不容錯過，特別在之前吃了不少好東西，可以說要來個飯後甜點，迪化街有一家甜品老店，主打綠豆露，綿綿的綠豆湯裡有著 Q 彈的大菜糕，口味獨特。若有機會來到這裡，也不妨一試！

除了飽餐一頓之外，在迪化街，大家也可以購買賀年揮春，也可以參加小抽獎試試手氣。如果你覺得運氣不佳，更可以請高人為你指點迷津呢！

雖然以走馬看花的方式走完了一趟年貨大街，竟然也花了一個多小時！其實年貨大街真的琳琅滿目，要仔細看完真得花上大半天時間！能夠回味兒時往事真的很開心，最可惜的就是買不到轉運風車及賀年花卉盆栽（要另外去花市購買），這方面與香港最大的不一樣。

不過對於我這個離鄉背井多年的港人來說，已覺得很安慰！各位在台灣生活的香港朋友，如果農曆年沒辦法回香港的話，有時間也要來迪化街體會一下年味吧！

14

景職事著篇

文：羅伊

聊到兼職賺外快，其實在台灣想要找一份兼職沒有想像中容易。香港人口中的兼職或 part-time，就是台灣人常說的工讀或打工，由於大部分都是臨時性質，而且沒有很優渥的福利，因此從事這樣的工作大多是學生或是剛服完兵役的人，一般統稱為工讀生。

就我自己及身邊同學的經驗來看，學生們最容易找到的工讀來源是學校裡的不同單位：出納、人事、行政、軍訓等，一定會有一些雜務空缺。工讀的時間由單位分配，學生可以自行協調，不過如果希望要有較長時間的工讀，可能較有困難，原因在於學校會公平分配給眾多提出申請的學生，不會讓單一學生獨佔打工機會。運氣好一些，遇到學校中的學術研究單位需要工讀生，時數可能會較長，也能趁機學習到一些新知識及認識一些學術先進，為你的未來發展鋪路。除了學校，一些公立醫院、公家機關也會需要工讀生，可是這類資訊都需要自行搜尋，公佈欄（地方）或上網都能找到，只是面對來自四面八方的申請者，競爭當然更加激烈。

不論學校或公家機關的工讀，所支付的工讀費用都大同小異，在我的年代（2002 年），工讀時薪平均一小時 100 元，除了錢之外沒有包含其他福利。現在的工讀就是最低工資的規定，2020 年的最低工資是 158 元台幣，比之前調漲了一半有多。我們下次再來討論一下其他的工讀機會，像是餐廳、sales 等！

15
健保要科陪你看

文：羅伊

跟大家分享一則醫療趣聞,一位台灣朋友到香港旅遊,可能因為不適應香港的空氣而鼻子過敏大發作,鼻子像關不了的水龍頭,眼睛浮腫淚水流個不停,於是跟香港的好友求助,詢問那裡可以看耳鼻喉科醫師,那一位比較有名。香港朋友聽得一頭霧水,便回答他都是去一般診所看病,耳鼻喉科不是隨隨便便可以看得到,而且真的要看也得花不少錢,台灣朋友聽後覺得驚訝。

　　故事說完,大家一定會問,為何兩者在同樣的醫療行為上有如此的落差呢?那就是台灣健保制度下的一種特色,只要你有健保卡,你就可以任意找你想看的科目或醫師,而且所需費用均一,非常方便! 在健保普及醫療的大原則之下,很鼓勵台灣民眾病向淺中醫,很多醫師為了滿足這些龐大客源的需求,只好努力進修,提升自己的能力吸引病人,造就了台灣很多種類的專科醫師在外開業以致台灣民眾很自然生病就去看專科的情況,台灣人民真幸福啊,可累壞了在健保制度下拼業績的醫師們了!

　　不知道大家有沒有注意,台北市醫療院所之多,快要追上台灣的便利店數目了,當然台灣仍有不少遍遠地區醫療仍不發達,但就整體的醫療覆蓋率而言,已經勝過很多已發展國家了。台灣醫療院所不只數目多,而且種類更多樣化,光是診所,除了傳統的內、外、婦、兒四大科目以外,你在路上還可以看到家醫科、耳鼻喉科、眼科、皮膚科、骨科、泌尿科、復健科、身心科等,其實內科也分了不少專科如神經科、心臟科、

腸胃科、風濕免疫科、代謝內分泌科等，再加上很多裝潢精緻的牙科診所及傳統醫學診所，真的是包羅萬有，讓人意想不到。

面對如此多的專科診所，大家知道如何選擇嗎？就讓我羅伊來為你從症狀分類去找合適的專科診所吧！從最常見的發燒感冒開始，你可以去內科、家醫科及耳鼻喉科。如果你頭暈或頭痛到快炸開，你可以去家醫或神經科。三不五時心胸鬱悶快找內科醫師，全身搔癢長紅疹請到皮膚科或風濕免疫科。全身無力者找神經科或代謝內分泌科，心情違和或有幻覺者向身心科報到。其他的科目則以其名來配合相關的疾病，希望以上心得可以幫助大家在台就醫。

16

一定要踏不給選

文：老溫

每個地方都有每個地方的禮儀或禁忌，台灣當然也不例外。在台灣住超過三十年，有些台灣人的禁忌，在我們看來可能會覺得很有趣，當然，我們來到台灣，還是要尊重一下這裡的文化，所以，更加應該多了解一些。

令我印象比較深刻的，就是如果你走在路上，看到地上有紅包，或是有一些很明顯的，紅包封口會有幾張鈔票的，就千萬不要撿走。

原來台灣有一個風俗叫做「冥婚」（這其實也是中國的風俗，但傳到來台灣，當然面貌會不一樣，當然，這篇不談中國的風俗），但台灣的冥婚不是隨便找的，要找有緣的對象，通常是他們家的女兒往生了，如果還是單身，往生是很難投胎的，所以習俗是在往生之後家人幫她找合適的對象，讓她嫁給他，當他有了名分之後，投胎就會比較容易。當然是否真的如此，我就不太清楚了，但傳說就是這樣說的。

至於大概的做法，據說，有往生女兒的家人，會先把女兒的生辰八字，以及頭髮、指甲或照片，連同鈔票放進去紅包內，然後放在街上讓人撿起，看看誰是有緣人。

假若真的有路人撿起來，家人就會在旁邊跑出來的，把你攔下來，就會跟你遊說，大概會說：「我女兒是如何如何，看來大家都很有緣！」之類的話語。當然，撿紅包的人還可以先看看照片，看一下有沒有合眼緣，假設不合眼緣的話，就會拒絕，但後續還要進行一些法事。當中又包括要買一些水果，例如，楊桃、桃子、梨子等等，就是有帶一個「逃」字。

完成這一系列動作的話，就應該沒事了！雖說沒事，但過程還是會感到十分麻煩，而且，坦白說，其實還有點恐怖！就像某些鬼故事一樣，萬一被看上了，會怎樣呢？

過去，曾經就因為這類事件，引起不少討論，如數年前就曾報導過，某地的小學門前放了幾包的紅花布包了一些錢，家長們一看到就有些嚇到了，都在說：「這裡有很多小朋友經過！這樣子怎樣行！」因為這個不知道是不是與冥婚有關。

所以，在台灣的街道、小路上千萬不要隨便亂撿東西，特別是紅包。除了因為這些習俗外，也可能有勒索集團的風險，當然，這就是題外話了。

17

台北大稻埕

文：老溫

我一向對古蹟甚感興趣，奈何香港的古蹟因發展需要，一座拆完又一座，但在台灣卻有感受不一樣的古風情懷。

　　熱鬧、擁擠、車水馬龍、緊張、忙碌、水泥叢林都可以形容一部分的台北，但你可曾想過，一排老房子，由古意的紅色磚瓦建築而成，也位於台北市鬧區，這裡就是大稻埕。彷彿走進時光隧道，卻又像時空重疊，有新穎的轎車，年輕人現代的時髦打扮，穿梭在濃郁的古典建築群中，它們處處斑駁，歷盡風霜，我亦在其中漫步，遙想當年此地的繁華榮景，彷彿一切尚在眼前，一幕又一幕的上演。

　　已故藝人豬哥亮主演的電影《大稻埕》，劇中男主角穿越時空，來到百年前日治時期的大稻埕。夾道迎接城隍爺的信徒、嶄新的招牌、剛開幕的布莊、百年前流行的服裝、旗袍、碼頭上戴斗笠的拉車工人、河面上行駛的木製帆船、木製的窗框、用扁擔挑貨的小販、傳統的裁縫店、仗勢欺人的日本警察、剛蓋好的總統府（總督府）、加熱水的熨斗、繁華的歌廳裡現場載歌載舞的女子樂團、殘害台灣人的鴉片館、關人犯的水牢等等，呈現了大稻埕百年前的繁華與生活方式。

　　午飯過後，我獨自走在台北街頭，隨後來到了迪化街，異常安靜的街道，我無法想像此地過年期間，是人山人海的年貨大街，大概是台北人都在辦公室上班吧？ !迎面而來的只有徐徐微風，伴隨我悠閒的腳步。台北最近興起的文創產業，既傳統也創新，在此地的百年建築中，裡面的人們正用他們無窮無盡的創意，一步步築起他們的夢想。一棟典雅復古的建築物內是時尚的星巴克咖啡，現代化的吧台、座位，搭配的是復

古的木框窗戶，坐在舒適的椅子上，喝一杯濃郁香醇的拿鐵，放空腦袋痴痴望著窗外，窗外有現代的街道與汽車，不免讓人有時光倒流的錯覺。部分保留傳統建築的商家，招牌上還是從前的店號，有些斑駁的掛在牆上。

逛累了，天色也漸漸暗了，我跟著電影的場景來到碼頭，金色的陽光灑落在河面上，我彷彿看見電影中的樣子，人們都在為生活忙碌，正當我還在懷疑之際，天邊的紅霞悄悄倒映在水面，一對對情侶倚靠欄杆相擁著，或許捨不得跟眼前的美景道別，但肚子又餓了，乾脆在美景當前飲酒、享用大餐，一個人到此旅行或許孤單，但絕不會寂寞與無聊，打開行囊，裡面的紀念品還真不少，該是離開的時候了，五光十色的城市裡，我帶著微醺的靈魂進入夢鄉。

18

我愛台式自助餐

文：老溫

三十多年前初踏寶島，最吸引我的台灣食品，嚴格來說，應該說是食法，就是台式自助餐。每次去用餐之前都帶興奮的心情出發，因為選擇很多，各種肉類、菜、琳琅滿目，又可以自由夾取喜歡的菜色，白飯、湯及飲料都可以隨意取用。

　　我記得第一次用自助餐是剛來台念書時，走到西門町，那時的西門町還有這類的餐廳，當時吃一頓飯，夾用兩、三款菜才三、四十元，大概就是十元一個菜，而白飯就任吃的。

　　店內食品，擺放得很精美，每一樣都很想吃，當然，不可能每一道菜都夾啊！這不是吃到飽，那可得要付很多錢，對於當年還是窮學生的我，還是只能精選最愛吃的菜色。

　　當然，每樣食品都想嚐嚐，所謂台式自助餐廳，就是有一位精算師阿姨，都由她目測才判定價錢。所以，夾菜也有一定的技巧。即使份量夾多了一些，不要太多不同種類的菜色，價錢也就不會提高。

　　在大學裡的食堂，同樣是這樣的自助餐形式。於學生時代，午餐到食堂，每一次都覺得很愉快，就像吃西式自助餐般的感覺，雖然只能選一些自己喜歡的美食，同樣樂在其中。

　　談到令人難忘的自助餐，必數在林口的長庚醫院，那是在大學前念書的僑大附近。你們沒有看錯，我真的是說醫院。那些年在這醫院，是我們這群學生們的高級食堂。

　　這家醫院食堂，令我們這些沒有見過世面的學生大開眼界，令人覺得最誇張的是一個大型自助餐的模式經營。食堂內還有其他很多的小餐廳，只是年代久遠，我也忘記了是什麼樣的餐廳，總之就是很多餐廳。但那些食品款式可能比起平常我們看到的小餐廳，種類多好幾倍，人流多得像大型百貨商場內的一樣，場地大小就好像比籃球場更大。

　　這裡的裝潢也很漂亮，置身其中，你根本不會知道自己是身在醫院中的。當然，偶而看到用餐的食客，有些是用支架，架起受傷的手臂，有些是坐著輪椅，或是吊著輸液的，這才會驚覺，我們還在是醫院裡。

　　這裡的自助餐計價方式，與大學時的相同，都是用重量計算，如何省錢，可要特別動腦筋。例如夾的菜儘量少點湯汁，或肉類的就不要選太多骨的了。

　　遺憾的是，現在已越來越少這類的自助餐店，主要原因是現在這樣經營手法不行了，因為要做出這麼多菜色，如果賣不完又可能會浪費，加上不少地方的租金又上升，店面不能太小，訂價又不能高，這樣的廉價食品，價格高的話，又吸引不到客人，實在難以經營。

　　或許到一段時間之後，這類的台式自助餐店，只能活在我們的回憶裡，希望不會出現吧！

19

国境之西

文：老温

香港三面環海，從小到大都對著維多利亞港，雖然海景很美，但卻是繁華的美，台灣是一個海島，海景卻有不一樣的感受，而且，也不只是海。

很多人都喜歡去墾丁渡假，卻不知道，這台灣的國境之南，究竟有多迷人？到底有多少值得一看的風景或景象？答案是非常驚人的，因為連許多旅遊網站都沒介紹完全，光是恆春，就有超過五十個點，加上車城、獅子鄉、牡丹、滿州，超過一百個點可以玩，就算住上一個月都未必可以完全體驗。

每年九至十月，獅子鄉的帽子山步道會變得非常熱鬧，天空中有成千上萬的灰面鷲、赤腹鷹，場面非常壯觀。而地面上的人類，也會蜂擁而至，為它們拍照、紀錄及觀賞。四重溪出海口、龍鑾潭也有許多鳥類。海洋生物博物館的鯨鯊、小白鯨、鯊魚總能讓遊客驚呼連連，看它們在水中的樣子，真的很療癒。

來到國境之南，看海是一個重點，湛藍通透的天空、棉花糖般的白雲、藍寶石般的海水、乾淨的沙灘、火紅的夕陽、清晨捕捉龍蝦的漁船，有許多地點可以看海，就看自己怎麼安排。我喜歡恆春的砂島與白沙灣海灘，除了漁船，其他的幾樣都有，光著腳踩在沙灘上，感受美景，是非常好的放鬆地點。或許因為知名度大增的關係，這兩處已經不算是秘境了，假日時，吵雜的人聲已經免不了，有些可惜了。想要安全的玩水，那就去人聲鼎沸的南灣，穿上泳裝泳褲，可以盡情的在一波波浪花中歡笑，暫時忘卻煩憂。

著名的關山夕照，目前已經演變成人擠人的景點，雖然美麗，但氣氛不佳。同樣居高臨下的龍磐公園，從深夜就很精彩，幾乎沒有光害，所以滿天星斗，帶一塊帆布躺下，仰望星空，讓自己進入虛幻吧！此地也可看到銀河、流星，別忘了許願，凌晨四點多，天色漸亮，天空顏色的變化會一直持續到日出，並倒映在海面上，下午的藍天白雲版也很壯觀，由於腹地較廣，不必擔心人多。

藍天白雲加上翠綠的草原，還有牧草捲，這在國外才能看到的景色，也在國境之南的範圍裡出現，每年 6、7、10、11 月的水蛙窟，總有慕名前來的遊客，同時期，滿州的港口路也有。社頂自然公園、籠仔埔草原、國境之南民宿、滿州門馬羅山、牡丹旭海大草原，大片的草地給人另一種莫名的興奮感，是帶著海鹽味的青草香氣嗎？

追著電影《海角七號》的腳步，來到萬里桐、夏都酒店及前方的沙灘。追著電影《少年 PI 的奇幻漂流》，來到白沙灣、滿州白榕園。還有《我在墾丁天氣晴》、《痞子遇到愛》、《破風》也都在此取景，一不小心，我也掉進劇中，進入虛構的世界裡，臨別前，踏上車城的龜山步道，從不同的角度居高臨下看海，用回憶裝滿行囊，帶著愉快的心情踏上歸途。

20

地台賞櫻花

文：老溫

香港有沒有櫻花，我不知道，至少三十年前，似乎沒有，但在台灣，我卻可以很舒適的欣賞櫻花。

春節前後，天氣依舊是那樣的寒冷，冬天即將過去，迎來的是陰晴不定的春天，時而寒冷，時而細雨不斷，有時卻是晴空萬里，該穿著厚重的冬衣？還是薄夾克就可以？沒有標準答案，誰也說不準這春天的天氣，如同後母的脾氣，難以捉摸。

此時，是台灣櫻花盛開的季節，北台灣到處都有賞櫻的點。台北市的松智公園、陽明山、平菁街玉皇宮、平菁街 93 巷、95 巷、110 巷、林語堂故居、福音園、紫藤苑、大屯自然公園、花卉試驗中心、北投安國寺、祖師禪林、前山公園、內湖樂活公園、文山杏花林、萬里萬崁公路、汐止聖德宮、天道清修院、八連路慈聖佛堂、石碇二格櫻花步道、雙溪新基村南天宮、蝙蝠山、烏來新烏路、福山、環山路、瀑布公園、勇士廣場、土城太極嶺、希望之河、三峽熊空茶園、佛山寺、淡水滬尾櫻花大道、三芝 101 縣道、大坑溪三生步道、八連溪休閒步道、櫻花水車園區等數十處可以賞櫻，喜歡人少一點的話，以上地點相信不會太多人。

陽明山平菁街 42 巷、淡水天元宮是最熱門的賞櫻聖地，配上藍天的櫻花更顯嬌艷，不怕人擠人的話，就可以來看看。但我最愛碧山巖開漳聖王廟、中和烘爐地，既可賞櫻花，又可欣賞風景或夜景，壯觀的景色，讓人感覺自身的渺小，也讓心情愉悅。

如果不是住在大台北的人，也有非常多地方可以賞櫻。桃園大溪齋明寺、桃園復興恩愛農場、新竹五峰觀霧森林遊樂區、山上人家、苗栗獅潭蓮臺山妙音淨苑、協雲宮、台中后里泰安派出所、台中新社大南坡、櫻木花道、彰化芬園花卉生產休憩園區、南投埔里暨南大學、南投仁愛春陽部落、嘉義阿里山二萬平風景區、阿里山派出所、沼平公園、屏東三地門德文部落、宜蘭礁溪佛光大學、宜蘭大同崙埤河濱公園、花蓮秀林關原加油站。但這些地方，都比不上台中和平武陵農場的櫻花，是那麼壯觀、美麗、浪漫、迷人，若說五嶽歸來不看山，黃山歸來不看嶽，九寨歸來不看水，那麼我說：武陵歸來不看櫻，這句話絕不過份，只不過要事先預定住宿，或是預定一日遊行程，每日只有 6000 個名額，並不容易搶到配額。

我想，櫻花應該是最浪漫的花種之一，無論與誰一起欣賞。粉紅色的花瓣，繽紛如雪花的飄落下，這是屬於台灣的櫻花之美，更是情人間的一個小小的時空，浪漫的氣氛，教人無法自拔的愛上這感覺。

21

台北101

文：老溫

香港雖然高樓大廈林立，也有不少建築很有特色，不過，看到台北101，也同樣感覺很特別。

無論是那一個國家的觀光客，只要來到台北，一定會來台北 101，這個曾經是世界上最高的大樓，與最快的電梯。別以為它只是一棟大樓，101 可以給你的，非常豐富多元，儲備好體力，詳細規劃順序後，展開這段旅途。

首先從遠眺 101 開始，象山步道、虎山親山廊道、姆指山、九五峰這四處，可從高處看到 101，還有台北市的夕陽與夜景，我選擇了象山步道，因為捷運可以到達附近。要與 101 合影，可以從以下的位置：四四南村、幾米月亮公車、信義路基隆路口、國泰金融中心、松仁路中國銀行、市府廣場、國父紀念館等處，非常多地點可選，當然，這些地點也都是可以看得到 101 的跨年煙火。附近的莫爾頓牛排館位於 45 樓，可以點便宜的酒類，也可以花大把鈔票吃頓牛排大餐，邊吃邊欣賞 101 與台北的夜色。

101 的內部，地下一樓至地面六樓，七層的空間以美食、珠寶、精品、文創、紀念品居多，想要一次看到各大名牌精品，這裡絕不會讓你失望，只怕傷了荷包而已。85 及 86 樓有景觀餐廳，可以邊吃邊欣賞風景。88 樓以上，是遊客必玩的區域。660 噸重的風阻尼球，是 101 抗震防風的重要結構。89 樓觀景台，可以 360 度俯瞰台北市，往外看，台北的夜景盡收眼底，夜晚的台北依舊繁華萬千，與白天完全不同的美，在喧囂聲中、紛擾中，台北是那麼獨特，它是台灣的首都，也是許多人

的追逐夢想的城市。Skyline460 是最新開放的區域，位置更高，即尖端下方，每日只開放 36 人參觀，想體驗最好事先預購。

　　101 的美是在晚上，從外觀看來，像一個巨大的燈塔，炫目的燈光，聳立於台北市信義區，象徵點亮台灣的希望，在每一個時間點，指引每個人前進的方向。自 2004 年底至今，101 每年都施放跨年煙火，近年來更搭配眾多明星表演歌舞，讓跨年更為熱鬧。跨年之前的幾個小時，我來到附近的兩個建築，Bellavita 寶麗廣場與陶朱隱園，前者是復古造型的精品百貨，最奢華的品牌幾乎全都在此設有專櫃，想要買高檔精品當禮物，或是犒賞自己，來此絕不讓你失望，不過，得多帶些現金，或是額度高的信用卡，後者則是號稱台灣最貴的大樓式豪宅，旋轉式的結構矗立在眼前，非常不真實，彷彿是科幻電影才有的建築。其餘的時間，我忙於把附近各百貨公司的聖誕樹收錄進相機裡，這裡的聖誕節氣氛非常濃厚，若非身旁的遊客多半是台灣人，會以為自己在國外，忘了身處何處。

22

我的咖啡人生

文：鄭湯尼

記得三十多年前，剛剛來到台灣唸書的時候，台灣人都是喝茶比較多，地理上畢竟是閩南地帶，比較多種植高山茶、綠茶、烏龍茶，也是台灣是最有名氣的。

大概在我畢業的時候，台灣開始流行咖啡行業，估計因為當時，先後有波霸奶茶、珍珠奶茶等出現，有些地方賣得很便宜，一杯茶甚至只要 20 元台幣，令到當年做行銷市場的人士發覺，台灣太多人做茶，似乎沒有再發展的空間，倒不如開闢新市場，開始推廣咖啡。

那些年開始有經營咖啡的業者，但還不是做到精品咖啡、手沖咖啡，只是一般的咖啡店 Café，這類型的咖啡店，就是可以有用餐，當然也會有咖啡。雖然是起步階段，但裝潢卻毫不馬虎，不少咖啡店的設計，甚有特色，也有很多充滿浪漫氣息的。

一段時間後，開始出現一些專業的咖啡店，例如像曼特寧咖啡豆那些，有趣的是是，曼特寧咖啡豆，似乎台灣人比較多喜歡這種豆，其他台灣以外的地區，則都不會太喜歡曼特寧。

我在大學四年級時，曾於夜店當少爺（服務員），跟吧檯的師父學煮咖啡，知道有曼巴（曼特寧加巴西豆混合）。也學會了虹吸咖啡，就是有個圓玻璃壺，下面有盞酒精燈有火煮咖啡，這些咖啡會比較濃，漸漸地就愛上了喝咖啡。

當年在中國工作時，上網還沒有很發達時，只能夠靠自己看書學咖啡，所得到的其實很膚淺的，膚淺起來還比較幼稚，直至十多年前回來

台灣，就發覺台灣的街頭上很多咖啡店，令我驚嘆，剛好這時有兩位好朋友也對咖啡有興趣，於是三人合夥開了一間公司經營咖啡貿易，將我們自己烘焙咖啡作零售。

這時候，我就更進一步的研究咖啡豆，知道有不少國外來的豆商，從青豆到烘焙好的豆子都會有，一隻豆子有不同的烘焙方法，以及不同等級的豆子，高級的如一公斤台幣兩千元青豆的藝妓，而普通的，便宜的深烘豆，商業用的一大包 1KG 烘焙好的，則大約是台幣五、六百元的便宜豆子，當時我就開始接觸這些，上網找資料，及跟一些師傅學習，看多一點，了解多一點，學習品豆，全部靠自己學習，雖然這方面有不少專業的證書，但個人一向不太喜歡考試，所以，並沒有參加任何課程。

在台灣的確讓我愛上咖啡，並且展開了台灣的咖啡人生。

23

淺談育孫的飲食習慣

文：鄭湯尼

台灣的禁忌或習俗非常多，真的可以寫很多本書來談，當中要找一些來淺談，其實並不容易。這次我就與大家分享吃的習俗吧！

這就先從餐桌談起吧！如果你有機會，為親人或朋友盛一碗白飯，有些香港朋友可能就先將一個飯碗，把白飯填充滿在內，然後再壓一壓，其實飯量會少一點，再把這碗白飯倒轉蓋在另外一個空飯碗上，這樣的話，這碗白飯就會好漂亮的一個球形，像香港的酒樓那樣（當然，香港的酒樓會用大飯勺的），就可以送出去給客人吃。

不過，在台灣就千萬不要這樣做啊！我曾試過在這裏跟同事吃飯，他看到我這樣盛飯，就反問我為什麼我會這樣飯，當時我跟他們說，這不是很漂亮嗎？他們連忙說，這不行的，很不吉利。原來，在台灣這樣盛飯的話，要用來供奉神明，我們是凡人，就不能這樣吃飯啊！

說到吃飯，就不能不提餐飲業，我年輕時曾經做過卡拉 ok 少爺，在讀書的時代，雖然不是正統的餐廳，但侍應生、領枱等如果遇到四位客人的話，是不能直接說 4 字，必須說成是 3+1 位。因為四字的諧音，與「死」字發音相近。

就是我們在請客吃飯的時候，或是給人家請客的時候，我們會分好位置，在一個包廂內的一個圓形餐桌，主人家坐在那裡，老闆坐那裡，普通職員坐那裡，都需要安排好的。

例如是老闆級或貴賓級，通常都會是面向門的位置，總之臉的正面是要對著大門，就是讓他可以看到整個房間的，視線最好，以及所有人

進來的時候都能夠看到這位貴賓或老闆，而普通職員都會背向門，因為大部分都是上菜的位置，除了上菜外，還有上酒、拿毛巾或取杯碟等，都由普通職員去處理，就不會打擾到貴賓了，還要出出入入拿東西。

當然，吃飯就難免會喝酒，而台灣人都有不少人喜歡喝酒，以前還喝得很厲害。但近年抓酒駕比較嚴厲，喝酒的人因此而收斂了許多，不過，喝酒的人依然很多。

在餐桌上喝酒，很多時候還會遇上灌酒的情況，但因為要應酬，對方點了酒，所以，不喝不賞臉，隨時也會產生有爭執。特別是遇到朋友向你敬酒，你就覺得很高興的跟他碰杯，這個動作就代表要乾杯，千萬不可以喝一口就把杯子放到桌面上，這樣子就一定給人家罵翻天。

特別是，千萬不要人家喝完整杯，你只喝一些，這樣是很沒有禮貌的，因為台灣有些人的喝酒文化，有時候真的會為了一口氣而爭吵的。

24

超市港人想像台灣早餐店
的生活態度

文：許思庭

香港的茶餐廳(俗稱:茶記)可算是本地飲食文化的重要代表之一。從食物的選擇多不勝數,而且食物上桌的速度極快及服務態度也別樹一幟,而且營業時時間亦十分之長。很多茶餐廳都是由無線電視 TVB 的「香港早晨」播放到「晚間新聞」,即是可以分為早餐、午餐、下午茶餐及晚餐。更有些更會是通宵營業。形成茶記這樣的經營模式,最大原因就是店鋪租金太昂貴,老闆要這樣長時間營業才可以「有機會」賺取利潤,否則單是租金已不勝負荷。

然而,每日工作開始,對於面對工作一整天工作壓力之前能夠享受一個簡單的早餐對我來說是非常重要的事情。在香港數不清已經是維持了多少年這個習慣,來到台灣定居習慣依然是不變,但改變的是由港式茶餐廳變成台式「早餐店」。

可能您會說,台灣也有不少港式茶餐廳,但可以大膽告訴您知,一方水土一方情懷,其實是很大分別。

言歸正傳,台式的早餐店又可以叫作早午餐店,顧名思義即是午市可以提供午餐的菜式。有特許經營,也有自家經營小店形式。最令我感到驚訝的是這類早餐店的營業時間,大家數由早上 7 時左右開始營業到中午十二時至下午二時就真的拉上大閘關燈下班,不似香港的店鋪一樣為營業額要搞盡腦汁「跑數」。

我曾經試過一次,明明營業時間是到中午十二時三十分,我大約十二時到該店門外,看到入面還有顧客,所以打開門進去,可是未踏進去,店員已說準備「收爐」明天請早吧。

您可能會想他們生意很好嗎？所以下午及晚上所以不用營業也可以嗎？也不是啊。台灣人的生活就是如此，有留一點「時間」及「空間」給自己。寧願不做生意，少賺一些錢也好，甚至到最後可能會生意失敗，雖然事實上早餐店的生存機率比較低，但是台灣的社會風氣就是這樣。這就是台灣的「生活」態度。

除此之外，早餐店的經營方式也跟香港分別很大。香港茶餐廳為「爭客」很多時都會以減價促銷去刺激生意額，務求薄利多銷，但最大問題就是往往就會出現將貨就價的現象，客人增多，但店內員工數量沒有增加，食物及服務水準也會因此好大機會下降，可以爭回一時間生意好的假象，最終賠上了商譽，最終可能是白忙一場。

但台灣的早餐店就採用另一種方式，比的不是價錢，而是個人品牌及特色。例如香港的茶餐廳一般的三文治分單拼或雙拼，更可以用多士爐烘烤（俗稱：烘底），於我來說製作出來的味道及水準確在是分別不太大。

在台灣每間自家經營的小店會著重用「味道」去留住客人，同樣地是芝士雞蛋三文治，十間小店，十間就有不同的味道及風格。有的會加上青瓜絲和生菜沙，有的會加上特式的沙律醬，有的會用慢火炭烤多士，有的會用上紅心雞蛋配玫瑰岩鹽及五香粉等等。

雖然並非每個早餐店的「品牌」設計都是很專業，不過您可以感受到他們是用心去經營，不怨天不尤人默默地去做好自己食物，客人就會回來再光顧。

121

還有一點是台灣早餐店對於客人的用心不單止是食物及服務，還有是不知不覺地建立一種關係，或者當你來到光顧到第十次的時候，店員已經把你對食物的喜惡記下來，一種無形的親切感就會讓很想再來。

　　不過有一點很可惜，有太多太的早餐等著你去試，去發掘，來到台灣當你嚐到這種早晨的美味驚喜，您會更喜歡台灣早餐或者就是因爲加上這份人情味。

25

傳統菜市場奮戰體驗

文：許思庭

在香港生活對於「傳統街市」已經算是被一眾大型的「超級市場」所擊倒。原因很多，在這裡暫且不作詳細討論。於我來說在香港生活的時候都是習慣到超級市場，但在台灣生活之後漸漸起了變化，反而愛上了到台灣傳統菜市場。

首先台灣的菜市場是非常之有個性，主是分兩大類：一般菜市場及黃昏市場。前者早上六點左右已經開始營業，到中午十二時說陸續開始休息；而後者顧名思義即是黃昏時間大約下午四時開始營業至黃昏六時左右。約八成左右的店販逢星期一休息。

香港的朋友們是不是聽起來已經覺得很不可思議呢？營業及工作時間這麼短怎可能啊？或許這就是台灣人的生活態度，工作與生活要平衡，但從商業經濟角度來看也是有其道理的。當你認為有須要到傳統菜市場購物，你很自然地就會「配合」營業時間，將買家壓縮在某一段時間前來，商戶可以大大減低很多營運開支，例如：店員薪金、電費及水費等等。

好了，為什麼要到傳統菜市場？當然是有市場上的優勢。很簡單，原因就是「價廉物美」。就以水果為例，因為台灣本土出產的水果種類已經是非常豐富，種類亦很多，果農可以直接將水果運送到菜市場，甚至自己把農產品放在貨車上直接駛到菜市場作「流動式」擺攤。另外一些半製成品，例如：黃豆類產品專賣店內產品大都是由製造商直接供貨。以上兩種型式都是能夠減低成本，而且不用送到超市要等待店員把貨品再包裝及分批上架，因此確實非常新鮮。

在香港生活，對於台灣這種「新鮮感」真的是久違了。

來到在菜市場的實戰階段，第一步是掌握他們的營業時間，我的經驗是盡量避免人潮擁擠的時段。第二是「眼明手快」，舉例說，菇菌類的店鋪，你可以從一大盤子鮮冬菇之中挑選你想要的，所以動作要快，太慢的話會阻礙店主及其他顧客。

還有的是要打醒十二分精神，無論是室內或者室外的也好，你是難以想像得到，一邊走在菜市場的時候，會有一輛又一輛的摩托車在你身邊「擦身而過」。

在香港生活習慣了買一些知名度高的品牌，因為品質相對地會有保證。而台灣很多自家品牌，雖然沒有甚麼名氣，但卻很用心去做。他們有著一個信念就是總有一天會成功，名氣就是由產品質素一點一滴贏取顧客的口碑再慢慢建立起來。經營菜市場的入場門檻相對較低，很多時候會發現到這些「新登品」的產品。

試過買了一盒蜂蜜蛋糕，外表平平無奇，包裝也普通得不能再普通，味道層次分明，口感綿密確實足以與大品牌一較高下。

台灣菜市場的店主很多都很有善，會記著你購物的習慣，也會跟你閒話家常，就算曾經遇上一位外表看起來很粗獷，但都很樂意幫我挑選鳳梨的老闆。只是買了五元台幣蒜頭粒都笑容滿面的嬸嬸。為我留起五顆紅心土雞蛋的店主。

一點一滴加累積起來，令我不知不覺更喜歡到菜市場。

26

環訓局　電單車

文：許思庭

其實從來沒有想過自己會去考電單車的駕駛執照，在香港「養車」是一件很花錢的事。

只要你曾經來到台灣旅行必定會體會到滿街都是電單車（香港稱之為綿羊仔）。因為地方大，橫街小巷亦很多，摩托車行駛比較靈活，而且保養及燃油費用方面與汽車相比差天共地，加上停泊方便佔地方小而且「靈活」。因為執法較寬鬆，所以在台灣到處都可以看到摩托車停在路邊，而且就算是停車格的費用實在太便宜。因此摩托車成為大部台灣人的生活必需品一樣。有曾經在台灣升讀大學的朋友曾經向我說：「人在台灣，電單車就好像你雙腿一樣。」

移民到台灣後，本來在台中的十公里免費公車是相當不錯的外出交通公具，不過日子久了，就會發覺本來不太遠的路程，卻因為公車有些路線班次比較疏落及要轉乘其他路線而花上了大量時間及體力。

漸漸就會明白為什麼摩托車對台灣人的生活是如此重要，所以自己開始去了解如何考取電單車駕駛執照。以香港人的認知來說當然是要由駕駛訓練班開始，但當你跟台灣說要「付費」（整個課程費用大約新台幣$6000-8000）去學駕駛電單車的話，他們會覺得相當出奇。

因為電單車不須要跟合資格教練去學，甚至乎你有一部電單車找一個空曠及安全的地方練習，當你認為自己可以操控自如，得心應手之後，便可以到政府指定的電單車考試練習場地內練習考試路線。

考試路線包括慢速直線平衡、待轉彎、變換車道、雙 90 度轉彎及交通燈指示停駛及轉彎，失誤是會被扣分，完成整個考試分數合格便可以取得駕駛執照。對了，台灣的摩托車是沒有實際道路考試部分，所以是比香港較容易考得到，但另一個角度來看即是相對駕駛經驗比較淺，在道路上發生意外的機會率亦會相對增加。

回說到真真正正的「駕訓班」來報名的多數是找不到人借電單車、沒有人教他們騎或者好像我一樣是從外國移民到台灣。不過駕訓班有一個優勢是上課的練習場地就是考試場地，所以到考試日就有「主場」之利了。場地雖少但對於經驗不足的「新手」來說每一個扣分點都是難度之所在，台灣對於考駕駛執照來說，扣分最重的是有關「安全」的動作，例如每次開車必須擺頭觀察左右兩方，檢查後視鏡確定後方有沒有車輛駛近或其他情況。「安全」動作沒有做好的話，你馬上可以去報名重考了。

駕訓班的地點全都是比較偏遠及「較為」簡陋，不過與香港的不同之處是少了一些商業化，卻多了人情味。報名處的職員，態度沒有刻意的誠懇，但有一種他們好像朋友的親切感，亦不會希望你消費越多越多。重點當然是「教練」，老實說比香港的來得有心去教，有些教練看起來比較「粗獷」，不過卻是用心去看看你有那些地方需要改進或者操控方面問題在那裡等等。

最深刻印象是大家快要考試，但水準不夠穩定，爭取時間在場地不停練習。烈日當空之下教練亦戴著太陽眼鏡和撐起大雨傘，留在練習場

內留意學員的練習情況。始終電單車是靠個人的反應及對車本身的控制，簡單來說就是要「人車合一」，平衡固然重要，但我個人認為油門的控制更重要，稍微控制不好，多扭動了一下便會產生不同程度的失控。因為考試的路面設計不是很寬，所以失控一點點就好大機會壓到邊線而被扣分。

台灣的駕訓班有一個特色是要上「理論」課，但大多數時間都是播放 YouTube 的影片，內容亦與筆試無關，目標是希望你知道一些交通規則及汽車常識而已，只要出席率合格就可以，到理論課的時候，你在睡覺也沒相干。

由上課到考試，大約一個星期便可以，筆試與路試是安排在同一日的。即是你首先考筆試，合格的話就可以馬上輪候考路試。

路試合格後之後一天就可以拿到駕駛執照，實在非常之有效率。

如果你問我台灣考摩托車困難嗎？我個人覺得最困難是連續兩次 90 度轉彎是最困難，速度不可以太快，但太慢缺乏動力車身便會傾斜失控，還要一邊配合方向去打方向燈。

本來打算考取到駕駛執照後會買一輛摩托車，可惜發覺自己開車到 40 公里已經害怕太快，始終沒有信心走到公路上與大家一同「飛馳」。不過卻是一次非常難忘的體驗。

27

獎勵旅遊——私家車篇

文：許思庭

成功考取了台灣「機車」（普通型電單車）的駕駛執照後，發現自己的機車駕駛技術與一眾台灣機車一族有著天淵之別，事實證明就算成功考取駕駛執照，因為沒有實際路面駕駛經驗，並不代表你能夠有足夠能力應付到台灣交通道路。某程度上這算是台灣交通上的一個隱患。

　　有見及此我放棄了買機車的計劃，改為馬上報考私家車的駕訓班。

　　台灣的私家車執照，考試可以分為三部分。第一：筆試，第二：場地路試，第三：實際路面路試。

　　台灣駕駛訓練班教練有著一種很悠閒的心態，例如場地路試，主要來說是路邊停車、一些基本的安全駕駛操作及根據交通指示行走等等。

　　教練會示範一次路邊停車的操作方法，並會告知你如何記著場地的「隱藏提示」，這樣才能夠令你更容易合格。當教練看到你操作起來頭頭是道，他就會叫你繼續練習到直至課堂完結為止，而教練就會回到他的休息區內跟其他教練坐下來聊天、用手機看影片，有時候更會躲在樹陰下一邊抽煙，一邊好像在思考人生似的。

　　台灣的場地路試只要你能夠記著場地以內的「提示」反覆練習，我相信要合格的話並非困難。就以我為例，來到整個駕駛訓練課程的中後期，我已經能夠很熟練地在考試場地內駕駛。

　　來到實際路面的訓練，教練馬上就變了另一個人。因為已經來到實際的路面，照顧及自身及其他道路使用者的安全，所以教練格外留神更加是份外嚴格，因為與性命攸關的。這個「路試」的路程及考核方法，

我個人認為路線的難度及要求比香港來得簡單，不過問題在於台灣路面出現的突發情況較香港多。

一來台灣有很多在路面上製造麻煩俗稱「三寶」的人，此外摩托車左穿右插，風馳電掣，行車路線飄忽難以捉摸實在難以估計，所以真的要一眼關七。

因此台灣考取駕駛執照方面，扣分最厲害的部分就是在於考生對安全意識，一些例如開車前的檢查動作，駕駛時對行車路面有充足的安全考量，甚至乎開車門離開車輛，沒有使用二段式開門方法，扣分的嚴重程度就是馬上不合格，就算你剛才在路面行走時，如何暢順及小心翼翼，並無任何出錯扣分，所以必需要記緊做足安全動作，稍有一個動作遺漏，那麼你可以安排日期重考了。

考取駕駛執照當日安排與香港很不同，簡單地說要連「過三關」才可以順利同一日獲取駕駛執照，首先要到相關的交通部門用電腦考筆試，如果合格的話就要馬上到考路試的場地等待考試，場地路試合格的話，就是等待最後一關實際路試測驗，假如順利通過第三關考試，之後的一天就可以領取到駕駛執照。

相當幸運地我是在同一天內完成考取私家車駕駛執照，雖然曾經有實際路面的駕駛經驗，但是在台灣的路面設計其實稍有不同，每個地區的駕駛文化有不同。雖然駕駛私家車是「鐵包人」，不是摩托車的「人包鐵」。

以我本人的經驗為例，一開始在台灣駕駛私家車的時候心理壓力是頗大，違規駕駛的情況比較常見。因此會害怕有很多突如其來的事情發生，例如，雙白線突然切線，逆線超車，還有很多路面違規停車，令你要突然改變行車道，有私家車之外，還要十分留意會否有摩托車突然間不知道哪個方向跑出來。

　　總括而言在台灣考取駕駛執照是比香港容易，還有是價錢便宜很多，最基本一定是明碼實價。

　　在此預祝各位有意在台灣學車的朋友考試成功，路上駕駛平安。

28

台灣的「小確幸」文化鏡像影影

文：列當度

來台住了一段時間的香港人相信都曾聽過「小確幸」這一詞。它在台灣最近十幾年可謂是流行用語。「小確幸」真正的來源說法有幾個，不過一般人都認為它是來自日本著名小說家村上春樹。「小確幸」一詞就是出自於他與安西水丸（あんざいみずまる）合著、於1996年出版的插畫散文集「尋找漩渦貓的方法（うずまき貓のみつけかた）」書中。以下引述原文來說明：「小確幸」作者很貼心的在括號內提供解釋：「小さいけれども、確かな幸福（小而確實的幸福感）」。換句話說，「小確幸」就是知足，享受微小的幸福感覺。生活中的例子如：有一筆意外的小財、睡到自然醒、買到物超所值的東西等等，都可算是「小確幸」。

那麼是甚麼原因導致台灣人十分喜愛「小確幸」文化呢？其實也是社會大環境使然。「小確幸」的相反詞是大而未知的幸福，可以說是追求人生的事業成就，要達到當然需要更多的努力和時間，而且成功與否並沒有人保證。在台灣八九十年代時，社會欣欣向榮，小人物透過努力向上流的例子比比皆是。因此造就當時年青人願意投入更多時間及努力在自己的工作事業上。可是自2000年到現在，台灣社會長期不景氣，年青人靠打拼去創出自己的一片天的機會大減。加上台灣社會種種經濟、政治的不公不義，年輕人失去了追求「大幸福」的機會，便利用「小確幸」來完成難以達到的自我實現。

最近小確幸又被用來作為批評年輕人不思進取的新名詞。年青人只要想法不夠宏觀，或目標短小，就會被標籤成「小確幸」。如旅居美國的著名台灣作家張系國就曾大力批評台灣的「小確幸」文化。他在《亞

洲週刊》撰文指出：「台灣人生活不好過，最喜歡怪政府，但怎麼沒人怪「小確幸」？為什麼要怪「小確幸」？因為說穿了，小確幸就是「獨善其身」或「自掃門前雪」。如果每個人都自私，都想要小確幸，那公司、社會、國家的「大確幸」在哪？到頭來只是大家一起完蛋。張系國提出破壞性想法，他認為應該發起「打倒小確幸運動」，格局、氣魄一定要夠大，才能提振台灣人士氣。他鼓勵台灣年輕人勇於開創大事業，搞什麼都好，成敗無所謂，至少歷史會記得，曾經有人做過這樣的努力。」

當然張系國有他一定的道理，但似乎他忽略了社會的大環境已改變，不再是以往八九十年代的時期。盲目地將年輕人不上進歸咎於「小確幸」是不現實的。誠然每一個文化現象都有其好處和壞處，在此筆者並沒有資格批評「小確幸」孰優孰劣。但希望香港人知道這一現象的存在，也可以思考一下它形成的背後原因，從而可以幫助大家融入台灣社會。

29

台灣三寶

文：列高度

今天想給大家介紹一下「台灣三寶」，不要誤會，我並不是要說台式珍珠奶茶，鳳梨酥，高山葉等等台灣特產。「台灣三寶」是指人，在台灣是泛指「馬路三寶」

馬路三寶是 ptt (類似高登論壇) 的流行用語，尤其流行於八卦板。意思是民眾們認為馬路上最會造成危險的三種人 : 女人、老人、老女人。也有另一種說法是容易造成交通意外的車輛，包括有公車、計程車、腳踏車。但一般而言就是泛指沒有明確違規，卻危害到其他用路人生命 (或精神上) 安全的駕駛者。基本上在 Youtube 上搜尋馬路三寶，就有大量真實影片。常見的有不打方向燈、無預警急煞、逆向行車、隨便迴轉，在高速公路倒車等等，讓人目瞪口呆。台灣平均每年車禍超過 30 萬件，之所以這麼嚴重，是因為長久以來，民眾缺乏「交通素養」。這也反映了台灣一般民眾不注意交通安全，對於道路法則一般不大重視。台灣人說愈往南走，愈不用理會交通規則。在台的交通意外大部分都涉及機車。除了機車在台灣十分普及之外，筆者也覺得和機車駕照考試太容易有關。台灣目前汽車駕照要有全面實際道路路考，但機車卻被排除在路考的範圍之外，目前民眾可以輕而易舉地在封閉且獨立的道路環境中取得駕照。很多時新手因為對可能遇到的路況毫無心理準備，對自身及其他用路人的安全都構成威脅。

最近台灣網民熱烈討論那一城市是三寶熱點。台南市率先被點名，有網友認為台南雖然是六都之一，但是市民行車水準卻很鄉下。三寶的違法行為包括：邊騎車邊抓寶（Pocket Monsters）、盤腿騎車、台南

的攤販都直接擺在大馬路上等等，更有鄉民（網友）直言台南的交通水準是六都最差的。

不過飆車族盛行的高雄，也被許多網友指出除了對長期存在飆車問題無解之外，當地獨有的「高雄式左轉」也被網友提出來炮轟：「高雄式左轉根本是恥辱，高雄人還敢自稱是國際大都市嗎？」（註：逆二段式待轉，台灣俗稱「高雄式左轉」，是違規者因不耐紅燈久候，為貪圖方便而採用危險的行駛方式。通常是指機車在道路上行駛時的一種待轉方式。以右側通行道路來說，當機車直行時而要左轉時，若路口須遵行機車二段式左轉的規定。逆二段式待轉是在直行紅燈時，逆向行駛至同側的對向路口等待紅燈，綠燈時再逆向直行並左轉，可以節省一次等紅燈的時間。）網友們都希望警方能對這個亂象強硬執法。

在台的香港人無論是駕駛者或行人，都必須要打醒十二分精神。除了遵守法規外，也要提防「馬路三寶」。

30

台灣夜市文化淺談

文：列當度

相信有來過台灣旅行的人都發覺台灣到處都有夜市。無論遊客或者是本地人都很喜歡逛夜市。目前台灣夜市大約有 300 多個分布在不同的城市。夜市在台灣，有超過百年的歷史。據《臺灣日日新報》資料，1908 年，有人在鳳山廳旗津天后宮廟前空地設夜市，營業時間為 18 時至 24 時。

台灣夜市主要分為四種形態：

觀光夜市：由政府相關單位輔導原本街邊夜市為整齊、規劃良好的觀光區，並結合當地特色俾使成為觀光休閒的夜市。它們規模一般較大，而且是位處於市內。著名的有台北士林夜市，台中逢甲夜市和高雄的六合夜市。

街邊型夜市：又稱商圈型夜市，多為既有商業區延長營業至深夜，商家多有自家或承租店面，亦會吸引攤販會在路邊開張營業，都會區的夜市常屬於商圈夜市。

商場型夜市：集中於大型建築物內的夜市。

流動型夜市：多為在市區空地或市郊營業，平時可能作為停車場，只在特定日期（例如每週三、五）營業；商家全為攤販形態，傍晚時到達場地，午夜過後全部撤除。流動夜市的移動特性，這類夜市的數目最多。

說起夜市，當然不能不提台灣小吃。台灣小吃文化獨步全球，種類多樣化，是台灣最具代表性的飲食文化。經典台式小吃不勝枚舉，如：

蚵仔煎、蚵仔麵線、臭豆腐、大餅包小餅、萬巒豬腳、甜不辣、台南但仔麵、潤餅、燒仙草、魚丸湯、筒仔米糕、花枝羹、東山鴨頭、肉圓、滷肉飯、雞肉飯…等，全都是充滿台灣獨特風味，而且價錢便宜，多吃幾樣也是所費無幾。香港向來都有小食文化，相信香港人也十分受落台式小吃。

除了小吃攤外，夜市也有各類市民日常用品可以購買。另外攤位遊戲也是夜市的一大特色；擲飛鏢、打籃球、射汽槍、彈珠機、夾娃娃等多種遊戲。如果你技術好的話，還可以收穫不少「戰利品」。閩南語詞曲作家鄭進一 1991 年創作的〈迺夜市〉一曲，生動描述台灣歷史悠久的庶民文化。有興趣的朋友可以找來聽一聽。

隨著城市發展，為甚麼夜市沒有被大商場取代呢？「民眾逛夜市絕不只是為了小吃和購物，而是為了那一種身處於吵雜、熱鬧、混亂、擁擠中消費所感受到的特有樂趣，」研究夜市文化的中研院民族所副研究員余舜德說，「熱鬧」在我們的文化裡顯然有一種鼓舞力量，能讓民眾感受到一種「能量」，在人潮和周遭環境中流竄、興起，逛夜市就是為了享受這種氣氛。

誠然，夜市是台灣獨特的文化。想要了解，感受，融入台灣文化，大家一定要去逛夜市。

國家圖書館出版品預行編目資料

從香港到台灣／傑拉德、羅伊、老溫、鄭湯尼、許思庭、列當度　合著.
—初版.—
臺中市：天空數位圖書　2020.11
面：公分
ISBN：978-986-5575-00-7（平裝）

863.55　　　　　　　　　　　　　　　　　　109018683

書　　　　　名：從香港到台灣
發　行　人：蔡秀美
出　　版　　者：天空數位圖書有限公司
作　　　　　者：傑拉德、羅伊、老溫、鄭湯尼、許思庭、列當度
編　　　　審：璞臻有限公司
攝　　　　影：老溫
製　作　公　司：龍圖有限公司
版　面　編　輯：採編組
美　工　設　計：設計組
出　版　日　期：2020 年 11 月（初版）
銀　行　名　稱：合作金庫銀行南台中分行
銀　行　帳　戶：天空數位圖書有限公司
銀　行　帳　號：006-1070717811498
郵　政　帳　戶：天空數位圖書有限公司
劃　撥　帳　號：22670142
定　　　　價：新台幣 550 元整
電子書發明專利第　Ｉ　306564　號

※　如有缺頁、破損等請寄回更換

Family Sky

紙本書編輯印刷：
電子書編輯製作：
天空數位圖書公司　E-mail：familysky@familysky.com.tw　http://www.familysky.com.tw/
地址：40255台中市南區忠明南路787號30F國王大樓　Tel：04-22623893　Fax：04-22623863